KB213987

백성일 시집

해후

해후

긴긴 기다림이
꽃과 벌이 간절함이 하나 되어
만남은 우연이 아니다
인연은 동전의 양면이다

몸과 마음을 감고 있는
거미줄을 단번에 걷어버리고
아련한 그리움을 새기면서

주체할 수 없는 흥으로
붉은 장미 한 송이 들고
한 잎 두 잎
산산이 부서져 날아갈 때

아득한 세월의 사연을 품고
그리움이 풀어지는 날
비틀거리며 춤을 춘다

목차

1부

2부

3부

4부

시인의 말

1부

꿈꾸는 시인

맑은 정신이 생각을 깨울 때
홀린 단풍이 낙엽인 것을
내가 낙엽인 줄 나만 모른 채
심장을 찌르는 큐피드
화살을 찾아 허우적거리는
시인의 이상이
한 편의 시를 위하여
늘 푸른 마음속에 들어가
붉은 장미의 향기를 그리워하며
오늘도 꿈속에서 헤맨다.

검은 자갈

여기 모난 돌 하나 있다
사는 것이 지루하여
어른 되는 꿈 꾸며
숨이 목젖에 걸리도록
사통팔방 내 집처럼
조금씩 밝아오는 세상 보는 눈
날마다 하늘 보고 주먹질하고
때론, 헛발질도 했다
이리저리 굴려 다니는 모난 돌
회천여울의 자갈이 되었다
홍수가 힘자랑하면
큰 돌 뒤에 붙어 숨죽였다

검은 자갈 가슴에 품고 있다

푸른 마음

서녘 하늘
붉게 이글거리는 불꽃
그냥 불꽃이다

뒷산 마루에는
아직도 푸른 하늘
심장을 요동치게 한다

뜨문뜨문 새털구름
잔잔한 파도가 그리움 품고
아마도 저 푸른 바다엔
님도 추억을 먹고 있을 것이다

불꽃이 새털구름을 다 태워도
머물고 싶은 때였다

연인

인연이란 고리에 엮이고
달달하고 진한 사연들
기다리는 설렘
헤어지는 아쉬움
기쁨도 슬픔도
수 없는 오늘이 지나가고
가물거리는 추억도
한 잎 겨울 낙엽처럼
산산이 부서지는 마음이라면
이것도 저것도 머물지 못한다.

마음속 호수
파도치게 하는 바람일 것이다

동반자라면

삶에서 한두 번
있을까 말까 하는 것은
우연이 아니며
피할 수 없는
깊은 인연이다

아침나절
토란잎의 이슬처럼
두 마음이 하나 같이
긴긴 사연을 업고 갈 때

붉은 장미로
마음 가리고 가는 여로일 것이다

어찌 너만의 일인가

어찌 이런 일이
서로 끌어안고 버티지만 하늘의 노함을
이기지 못하고
이리저리 쓰러지고 허리 부러졌다
참담한 모습 성한 곳 없는 육신

텃밭 작물들 너나 할 것 없이
태풍 같은 장마 앞에 사색이 되었다
죄가 무엇인지도 모르고 목을 길게 빼고
그저 하늘의 처분만
기다리는 모습이 애잔하다
잠시 나는 하늘인 양
쓰러진 허리를 묶어주며 살아다오 애원한다

소강상태의 하늘을 보면서
내 허리도 시리고 뜨끔 거리는 것을
미처 깨닫지 못했다

해후

긴긴 기다림이
꽃과 벌이 간절함이 하나 되어
만남은 우연이 아니다
인연은 동전의 양면이다

몸과 마음을 감고 있는
거미줄을 단번에 걷어버리고
아련한 그리움을 새기면서

주체할 수 없는 흥으로
붉은 장미 한 송이 들고
한 잎 두 잎
산산이 부서져 날아갈 때

아득한 세월의 사연을 품고
그리움이 풀어지는 날
비틀거리며 춤을 춘다

능소화의 삶

초록 적삼 우아한 여인
하늘 높이 올라간다 세상이 궁금하여
붉게 물들어 가는 마음
담장 너머 세상을 기웃거린다
수많은 객들 아무리 찾아도
님은 보이지 않는다
긴긴 사연들, 향기 뿌리며 외치지만
님은 보이지 않는다
사랑을 구애하는 객들 끝내 외면하고
지난 세월이 가슴 터지도록 원통하여
피 맺히도록 노래한다
요염하다는 비난은 꿈으로 날리고
시들어가는 몰골 숨기고 싶다

전설의 삼천궁녀가 오늘인 것을
끝내 죽어도 아니 죽는 낙화유수
화사한 주홍빛 얼굴 미소가 가득하다

무책이 상책이다

겨울 같은 가을날
가는 세월이
정이 들어 배웅 나갔더니
감나무 높은 가지에 잘 익은 홍시
이름 모르는 작은 새들이
무리 지어 가을을 먹고 있다
풍요로운 감나무의 마음이 부자다
저 홍시들이 사라지고 나면
강물도 졸음을 즐길 것이고
강변에서 불어오는 차가운 겨울바람

감나무는 앙상한 가지로
대책 없이 몸으로 막을 것인데.

변화무쌍하다

새벽 즈음부터 강한 태풍이 한반도를
지나간다는 뉴스에 가슴 조리고 있는데
천둥 번개가 미리 와서 겁주고
비바람을 앞세워 수인사도 없이
점령군처럼 일방적으로 밀고 들어온다.
아름드리나무가 넘어지고
지붕이 날아가고 소문대로 인정사정없다
방문 걸어 놓고 숨 죽이고 있다

참 희한한 일이다
아침나절까지 불과 몇 시간 전의 일이다
태양이 하늘을 점령하고 나니 난폭한 놈들은
어디로 도망갔는지 흔적도 없다
어디 숨어 있다가 왔는지
잠자리들이 매미소리에 장단 맞추어 춤추고
회천의 황토물도 조용히 숨 죽이고 달아난다.
지나고 보니 별것도 아닌 것이
앞산의 소나무가 손 흔들며 웃고 있다

단풍잎 떨어질 때

먼먼 아련한 연둣빛
가을바람에 날아가고
시절에 물들어
타들어가는 가슴

붉은 연정
그리움에 마음 저리고
서녘에서 불어오는
바람에 몸 싣고
나비 같은 춤사위
단풍 밭에 몸 던진다.

구름 타고 가는 마음일 것이다

남해의 흔적

바다가 그리울 때 바람처럼 돌고
아름다움을 노래했다
오늘 비로소,
잘 익은 수박 속을 보았다
옛 선비들 유배의 삶을
세월의 애한을 먹고
탄생한 노도 문학은 황금빛이다
다랭이를 보고 또 서러움이
천수답을 경탄했다
그리움이 씨앗 되어
간절한 공간의 독일마을
사방바다 금산의 아름다움도
곳곳에 세월의 저린 가슴
해풍으로 날리고
남해 풍경들
주렁주렁 달렸다 수박이
한 덩어리 가슴에 안고
나는 또 바람이 되었다

허세를 변명하며

삶이란 짐을 지고 가다가
잠시 이마에 땀을 훔치는데
서녘의 이글거리는 붉은 노을이
잔잔한 가슴에 불 질러 놓는다.

문득, 앉은자리가
팔부능선 밑자리이란 것을 느낄 때
계절도 돌고 돌아오는데
노을의 유혹에 마음 줄 수 없다

허우적거리는 육신
갈팡질팡하는 마음
그래도, 어깨 들먹이며
키보드 문자 입력은 고속도로다

붉게 이글거리는 노을이 아름답다

단비가 오셨다

봄은 있는 둥 없는 둥
기차꼬리 터널 속으로
사라지듯이 가고 마는 것이다

여름 문턱에서 맞이하는 손님
가뭄의 갈증도 황사도
송화가루 심술도 씻어버리고
담장 옆 장미도 붉게 물들고
텃밭 농작물도
생기가 돌고 목에 힘이 실린다
이 손님 다녀가고 나면
산천도 옷 갈아입는다고 바쁘겠다.
내 마음도 푸르게 물들고
장미꽃 한 송이 가슴에 숨기고
신록의 향기 속으로
그리운 님 찾아갈 것이다

떨어진 꽃도 꽃이다

시절을 이기지 못한 단풍
바람의 심술이 과격하여
지친 몸 멍들어 간다
초록의 이파리
사나운 바람에도
귓가에 스치는 노랫소리
어제를 새기면서
작은 바람에도
붉게 물든 마음을 던진다
흘린 단풍 바람이 업고
세월에 멍든
심장 박동을 잠재우고
붉게 타들어 가는 님은,

나도 생각이 있다

옆구리 아무리 찔려도
눈이나 깜박하는지 봐라
양파 까듯이 아무리 까도
마음속을 알 수 있는지 봐라
한번 먹은 마음은 민들레

첫 단추 잘못 끼운 것도
사실을 사실대로 알았다면
믿는 도끼 발등 찍는다는 것도
누가 암까마귀 수까마귀인지
알길 없지만,

흔들리는 두 마음
여명의 아름다움도
아침 햇살은 용서치 않는다.

마음은 추상적이고
생각은 구체적이라
마음과 생각이 다툼 없이

화해한다면 또 모른다.
갈대밭 바람은 쉼 없다

2부

잔디

살다가 보니 가는 길이 조금씩 보인다
얼굴에 윤기가 나고 좀 살만하면
누군가 사정없이 허리 부러뜨린다
수없이 당하고 원망과 불평도 했지만
하늘에 주먹질이다
죽은 듯이 참고 삭이고
사나흘 지나면 허리 통증도 사라진다
어제를 잊어버리고,
서로 끌어안고 몸과 마음도 하나로
얽히고설키고 사랑하면서 하늘 본다
전설의 가훈은
절대로 하늘로 머리 쳐들지 마라
그저 핏줄끼리 서로 한 몸 되어
땅만 보고 살아라 하셨다
땅에 엎드려 죽은 듯이 숨죽이고
오늘도 무르팍 까지도록 기어간다
그래도 땅은 넓다

봄 마중

앞산 마루에 걸터앉아
무엇이 그리 수줍음이 많아
빨리 내려오라고 손짓했건만
눈치만 보고 있나
엄동설한 칼바람과 싸우면서
견디는 너의 인내를 아는지라
고생 끝에 낙이라고
이제, 시절이 너를 반긴다.

아련한 아지랑이 타고
내려오면서 슬쩍 만지기만 해도
매화꽃봉오리 꿈에서 깨어나고
온 세상이 꿈틀꿈틀
기지개 켜고 향기 가득하다
재주가 참으로 장하다
이왕 부리는 능력
코로나도 너의 향기로 씻어버려라

아지랑이 덮고 졸음을 즐기고 싶다

하동 가는 길

늦은 봄날
하동 문학기행길은

섬진강을 옆구리에 끼고
쌍계사 가는 길목
벚꽃은 안부 한 장 남김없이
모두 시집가고 없다
연초록 녹음으로 몸 씻고
바람이 어찌 알았는지
슬쩍 가슴 찌르며 반긴다.
화개장터 다슬기 손수제비국에
걸음 멈추고,
눈도 환하게 밝아오겠다

하동 문학기행길은
걸음걸음이 바람이다

빼앗긴 날들

계절을 잊은 하루들
안갯속에서 벗어나지 못하고
벽 아닌 벽에 막혀 버린 길
스쳐가는 바람이 세상을 조롱하고
흐르는 공허한 마음과
막연한 다짐이,
지난 계절의 자리엔
꽃이 피고 지고
사랑도 피고 지고
노을이 죽어나면
빛나는 별들도 피고 지는데
무심한 낮달도 구름 속에서
그림자를 잊어버리고
아! 실체도 없는
코로나19에 갇혀 버린 시간들

꽃샘

마디마디 쌓인 수많은 사연
바람의 기척에
기지개 켜는 홍매화

봄은 왔는데
봄 소리는 안 들리고
긴긴 기다림도
절망의 늪에 빠진다

따뜻한 햇살
아지랑이 춤추며
이 봄 가기 전에 심술 날리고

향기 가득 담은 홍매화
님 기다리는
마음 조급하겠다

숨기고 싶은 그리움

팔순의 어머니는 옛 동무들과 만나는 날은
연분홍 장미꽃 얼굴로 설레는 모습 숨김이 없다
나도 따라 장미꽃 향기에 취하여
아침 일찍 모시고 정류장에 도착했다

소풍 가는 기분에 마음 들떠서
서두르다 나오는 바람에 지갑 지갑이
돈 한 푼도 없다 도로 갈 수도 없고
궁색한 변명으로
용돈 있는지 기어들어가는 소리로 묻는다.
걱정 말아라 비상금이 있다 한다

돌아오는 시간은 언제쯤인지 물어보니
아마도, 해하고 동무하고 놀다가 재미있으면
달하고도 친구하고 놀 것이니
그리 알고 조심해서 차 몰고 가라 한다
환갑 진갑 지난 사람이 얼굴 달아오른다.

오늘 어머님의 열 번째 제를 마치고

오래된 기억이 생생하여
혼자 방문 닫고 주먹으로 가슴 친다

도랑치고 가재 잡고

날마다 공일이지만
빨간 날은 허가받은 날이고
간혹 빨간 날짜가 장날이면
그날은 반생일날이다
생선가게 터줏대감 할배도 살아 있고
고추방앗간 초등학교 동창 순이도 보았고
이리저리 장판을 쓸고 다니다가
엿쟁이 품바 노랫가락
음란한 소리도 하루가 즐겁다
품바 놀음에 취하여 히죽거리고 있는데
국화빵 아줌마가 옆구리 찌른다
장에 와서 무엇이라도 입맛 다시고 가야
시집간 딸 잘 산다고 하며 국화빵 한 개가
아파트 한 평 늘린다 한다
한 봉지 이천 원에 여덟 개
빵쟁이가 하나님도 부처님도 아니면서
아둔한 나도 계산이 있다
종이봉투 잡은 손도 내 마음도 따뜻하다
품바 장단소리에 맞추어 봉투 다 비웠다

아파트 평수 늘리는 것도 늘리는 것이지만
입천장 허물 벗겨지는 줄은 몰랐다
잘나서 잘사는 줄 알겠지만
애비 입천장 화상 입으면서
공 드린 것도 까마득한 전설이다

풀 아닌 풀 같은 너

고희를 만지작거리는 마누라도 아니고
꿈으로 보는 청순한 님의
향기가 생각을 멈추게 한다.
사방 두리번거리며 찾다가
눈빛 마주치고 그만 장승이 되었다

강산이 세 번 변한 즈음이다
골동품 같은 도자기 화분이 아까워서
고령 장날 삼천 원에 맺은 인연
풀 아닌 풀 같은 너
기풍이 살아있어 집 지어주었다
삶이 어찌 평탄만 할 것인가
고사되어 애통한 마음 이별할까 하면
손톱만 한 새싹이 비집고 나오길 여러 번
그래도, 파란 일곱 가족의 행복을 보았다
풀 아닌 풀 같은 너
남몰래 숨죽이고 꽃대 올리며
세 송이 아름다운 꽃님을 품었다
잊어진 세월의 아픔 칠흑 같은 두려움

분노를 참고 삭이고 서러움을 경험하고
도도한 기풍으로 날 꾸짖는다.
부끄러움도 잊고 향기에 취하며
눈가의 이슬을 보고 입 맞추고
아! 삼십 년의 기다림이
풀 아닌 풀 같은 너
정녕 이름하여 난(蘭)이란 말인가

고집

게으른 것도 버릇
게으른 놈은
언제나 게으른 놈
날씨가 찜통 속인데
사우나를 즐기고
절기가 입추를 앞세우고
아무리 문을 두드려도
나올 생각이 없다

그래도, 오늘을 업고
강물은 쉼 없다

동반자

살다가 보니
사나운 파도도 타보고
때론,
날 잊어버리고
물길 따라 바람 따라
생각도 따라가보고
내일
추억 찾는다 해도
깊은 생각의 이유가
두 마음을 묶어놓고
세월 따라간다

지나고 보니

앞니 두 개 발취하고
잇몸 아물 때까지 기다리는 중이다
며느리가 찐 옥수수를 가지고 왔다
이 없으면 잇몸이란 말도
믿을 것이 못 된다.

문득, 예전에 어머니께서
손톱으로 찐 옥수수를 한 알 한 알
발취하듯이 자시는 것이 생각난다.
제주도가 섬이라고 꼭 말해야 하니
멍청하다 생각만 해도

뽑는 손톱이 아리다 가슴도
그립구나 어머님이
옥수수 알알이 눈물처럼 반짝인다.

우리 집이니까

하루 종일 기다리는 전화가 왔다
할아버지 이상해요
여기는 전부 한국사람뿐이고
모두들 우리말만 해요
그런데요 그냥 좋아요

초등학교 1학년 마치고
주재원으로 온 가족이 독일 가서
이제, 6학년이 되어
고국으로 돌아온 손녀가 공항에서
도착과 동시에 온 전화다

지구촌 여기저기서
전쟁을 하는 나라들 생각할 때
우리나라는 천국이다
우리말과 우리글이 있는 나라
그럼 좋을 수밖에,

37

무릎의 신호

분명히 몸과 마음은
하나인 줄 알았는데
갑자기 마음을 추궁한다
오르고 내릴 때 고무풍선의 마음
죽이 잘 맞아 한 몸이었다

통증으로 저항한다 무엇이 불만인지
지나고 보니 불찰이 없는 것도 아니다
베풀 줄도 모르는 욕심 많은 마음
비로소 이기적 버릇을 후회하지만
그래도 평생 함께한 미련이

어찌하란 말인가 이제 와서
강변 버들피리 소리 들려올 때
연둣빛 내음 풍기는 바람에
머리카락 날리며
봄소식 한아름 안고 있을 것인데,

살다가 보면 아는 것을

굳이 제주도가 섬이라고 말하지 않아도
손자 놈 과자 두 개 먹고 하나 먹었다 해도
살다가 보면 아는 것을

사랑은 주는 것이라
귀에 못 박히도록 들었지만
내가 날 찾지 못할 때
부처님 손바닥이
하늘만 하다는 것을 잊어버렸을 때
제주도가 육지라고
생각할 때가 있었다.

이것이 사랑이라면
뜨거운 감자 입에 물고
이러지도 저러지도 못하고
모든 것이 그대의 마음이라면
목젖이 타들어 가더라도
그냥, 삼킬 것이다

게으른 시인의 하루

세상이 초록으로
물들어 가는데
겨우내 움츠린 마음은
누가 씻어주나

여기저기
벚꽃 향기가 설레게 하지만
기다리는 님은
아리랑고개 넘어오고
산산이 조각난 마음 추스르고
지루할 것도 답답할 것도 없다
꽃지면 또 여름이 오는 것

시나브로 계절
아지랑이에 취하여 졸음을 즐긴다.

의심이란

산 넘어가니 또 산이 있고
계곡 지나니
또 계곡이 나오고
생각 속에
생각이 숨어 있고
물정도 없이 멈춤도 없이

대책 없이 안갯속에서
비수를 던지는 마음일 것이다

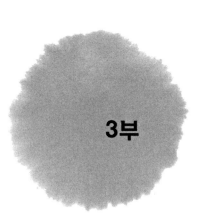

3부

분수도 모르고

반백년이 훌쩍 지난 예전
어린 시절 친구들과 비교하면
늘 부족한 것 같아 어머니께 투정했다
내 손을 꼭 잡고 어찌 사람이 살면서
다 가지고 살 수 있나 아마도 너 친구도
너를 보고 부러워하는 것이 있을 것이다
사람이 살아가는 동안 분수라는 것이 있다
분수를 잘 지키고 살아야 한다
한참 후 분수라는 말을 이해했다

게으름이 하늘 같은 사람이
사고팔고 파한 시장에
시(詩)를 찾아갔더니 좋은 물건은 없고
벌레 먹고 불량품 시(詩) 몇 개 들고
좋다고 히죽이 웃고 있다
분수도 모르고 설치고 다녔다
그래도 체면이 남아 고희가 지났는데
무엇이 벽일까 마음 가는 대로 살지
순전히 분수에 변명하는 미련일 것이다

나이

가슴속에 삼신(三神) 할매가
항아리 하나 넣어주는 것을
오랫동안 잊고 있다가 문득 생각나서
항아리 속을 들여다 보니
세월이 가득 들어 있다
세월의 단맛에 중독되어
곶감 빼먹듯이 하나둘 먹었다
어느 날 항아리 속이 궁금하여 들여다 보니
바닥이 보여 조급한 마음에
뒷들 대봉감나무 홍시 생각에 갔더니
손에 닿는 홍시는 없고
높은 곳에만 주렁주렁 달려있다
한참 궁리를 하고 있는데
까치들이 무리 지어 매서운 눈초리로
남의 삶을 탐하지 말라 한다
아쉬움과 부끄러움 숨기고
항아리 가슴에 쓸어안고,
대봉감나무 홍시는 그림의 떡이다

꿈꾸는 대나무

사람들이 말하기를
휘어질망정
절대로 부러지지 않는다
싱겁게 키만 크지 속은 빈 깡통
그래도 늘 푸른 마음이다

가슴 깊이 숨기고
인내하는 것은 아무도 모른다
얽히고설킨 근원의 정은 하늘이 알고
때론, 심술 많은 바람이 시험하지만
긴 팔이 서걱대는 소리로 갈라놓는다.

봉황을 어깨에 앉히고
자양분 가득 담은 열매를 올리고
향기 숨기고 꽃 피운다
온 세상 꽃가루 뿌리며
훌훌 구름 속으로 날아가는 꿈

고집불통 속은 빈 깡통
미련한 생각이
오늘도 봉황이 날아오는 꿈을 꾼다

억새풀

회천 윤슬도 강남바람에 춤추고
파릇한 얼굴 내밀 때
하마, 다칠세라 걸음걸음도
너를 안고 싶었다.

한여름 낚시길 지나는 길손들
양손에 면도칼 들고
사정없이 춤추는 모습
연정이 뚝 떨어졌다 배신감이

이산 저산 단풍 물들고
솜털 같은 얼굴 허리 살랑거리며
은빛 반짝이는 자퇴
가을바람에 장단 맞춘다

여름에 당한 분노는
추억으로 날려버리고
파릇한 내음이 그리워
속으로 묻는다 너의 본심은,

봄 향기

봄은 봄인데
머리에는 하얀 눈이 녹지도 않고
꽃다발 한 아름씩 안고 있는 할배들
신호 대기가 떠들썩하다
젊은 여인들 속삭이는 소리가
노인대학 졸업식 날인가보다.
조합장 선거에 투표하고
한 다발씩 선물 받았다

봄 향기 가슴에 안고
살랑거리는 봄바람 속에
그리운 님의 머리카락 내음이
심장을 요동치니 아직도 청춘이다
갑자기 신호등 소리가 생각을 날리고
쑥스러워 속으로 웃는다
꽃다발은 님의 향기를 담고
봄바람이 청춘을 깨운다

화상 통화

이 세상 저세상 사람처럼
시차가 7시간의 세상
4년 전에 간 독일 사는 딸과 손녀
화상통화하면서
꿈 속인지 현실인지
구분 없는 생각이 오락가락한다

오래전 저 세상 가신 부모님
화상통화할 수 있을까
가만히 생각해 보면
안될 것도 없지 폰 번호만 알면
불효한 것들이 참 많은데
그리움이 꿈속이라도 좋다

들국화

들풀인 양 숨어
긴 여름 인내한 너는
다소곳이 향기 숨기고
나는
바람이고 싶다

믿음 하나로

고속도로인 줄 알았는데
너들 너들 찢어진 청바지다
미완성을 신고
희미한 생각이
목적지도 모르고
앞차만 보고 따라간다
흔들리는 핸들에 힘주고
낡은 타이어가
가물거리는 촛불이다
다행히,
여기저기 이정표들이
생각을 환하게 한다.
천성이 외골수라
한 번 먹은 마음은 죽어도 하늘이다

어찌하란 말인가
푸르게 물들어 가는 이 마음을,

들국화의 수난

잠깐
나의 허리에
칼을 멈추어라
봄처녀야
평생 꽃대 한 번
올리지 못하는
쑥이 아니다

가을이면
너도 날 쓸어안고
내 향기에
취할 것이다

산마루의 벚꽃

내 어린 시절 친구
만호 머리통이다
온산마루가
부스럼이 더덕더덕
진물이 흥건하다

사나흘 내린 봄비가
전부 씻어 내리고
산마루는
연초록 머리카락이고
살랑거리는 잎사귀들이
봄 인사하기 바쁘다

그 옛날
보릿고개 사연
맺힌 머리통의 추억
나도 벗도
님의 머리카락도
하얀 향기로 적신다

소식

반운(盤雲)리 안개 밭에는
알알이 날아다니는 물방울
겨우내 움츠린
몸과 마음을 씻어 낸다.
조심스러운 걸음걸음이
구름 타고 가는 신선이다
시절을 잊고 있었는데
회천 버들강아지들
곧 바빠지겠다.

아마도,
봄바람이 님의 내음을
가득 싣고 올 것이다

효자가 따로 있나

동네 아재는 언제나 웃는다
장난기 심술 많은 사람들이
왼쪽에서 밀면 오른쪽으로 눕고
오른쪽에서 밀면 왼쪽으로 눕고
아무리 괴로움 당해도 히죽이 웃으며
절대로 화를 내지 않는다
혼이 나간 사람이라 놀리지만
그 속은 아무도 모른다

아재가 슬그머니 옆에 앉아
참 살기 좋은 세상이다
나라에서 매달 날짜도 어김없이 돈도 주고
몸 아파 병원에 가면 약도 주고
다섯 아들 둔 면장보다 복이 더 많은 기라
효자가 따로 있나 나라가 효자지

장가 한 번 가보지 못한 팔순의 아재가
동네 상갓집 공짜 술 마시고
검붉은 얼굴은 보름달보다 더 밝다

천근만근 눈꺼풀과 싸우며 중얼거린다
효자가 따로 있나 나라가 효자지
사는 법도 모르면서,

낮달의 하루

푸른 하늘 새털구름 사이로
느리고 느린 발자국소리 죽이고
백감자 쥐 파먹은 얼굴로
몸 숨기고 오수를 즐긴다
일각이 여삼추라 농부의 일상
오만한 마음 구름으로 가린다.

두드러지게 다른 것도 없는
생각이 동색이라 느낄 때
히죽이 웃으며 구름을 비집고
나오는 느리고 느린 걸음
싱그러운 산천을 벗 삼아
세월을 노래하는 여유로움이,

변심

파릇한 생기가
산천을 물들이고
나뭇가지의
이파리처럼 언제나

중턱에 걸린 오월
녹음의 기세에
바삐 가는 봄이
지친 손 흔든다

떨어지는 꽃잎들
쓸쓸한 헛웃음
콩알만 한 가슴이
시나브로 오는 여름에,

체면 없는 겨울비

술주정뱅이 아재가 하루 종일 초상집
공짜 술 마시고 가을 대추 얼굴로
굳세어라 금순아 노래 가락 뽑는 것이나
대한 잡아먹는 소한 날 추위가
봄비처럼 주룩주룩 내리는 염치

하얀 겨울 나비가 너풀너풀 춤추며
오염된 세상을 깨끗이 덮어 놓고
가슴속 깊이 숨어 있는 뽀드득거리는
추억의 유희를 주룩주룩 씻어 버리는 심통

살면서 최소한 지켜야 할 예의
상대의 존재는 안중에도 없고
절기는 그림의 떡이고
이기적 마음 주룩주룩 내리는 고집불통

오고 가는 것도 기다리는 것도
이력이 났다 주룩주룩 내리는,

때 늦은 사랑을 붙잡고

게으르고 미련한 고집불통
모란도 벚꽃도 참꽃도
모두 떠나가고 없는데
응달진 담벼락에 기대어
세상 가는 줄도 모르고
오지 않는 동박새
또 사랑은 무엇이며
꽃망울 붙잡고 씨름하는 동백
검게 타들어가는 몰골
살다가 보면
시절과 벗할 줄도
잊을 때는 잊고
버릴 때는 버리고
긴 꿈에서 깨어나면

영원한 내일
꽃피는 날도 있다는 것을,

4부

허세

일상이 생각에 잠들고
고속도로에 질주하는 시간들
시계의 초침은
전설 속의 청상과부의
다듬잇돌 방망이 소리
세월이,
뜬금없이 약속이란
해 뜨고 지는 것이 으뜸이고
절기도 돌고 돌아 또 하나를 이루고
어리숙한 늙은 남자는
세월의 약속은 가물치 콧구멍이고
그래도 굳이 변명한다면
차라리 눈 감고 걸어갈 것이다
검은 세상의 초침 소리는
이명이 들을 것이다

변한 것도 없는데

하늘이 무너져
세상을 물바다로 만들고
태풍이 바람을 몰고
산과 들을 날리고
천지가 개벽이 났는데
슬그머니 구름을 밀고
나타나는 태양이
세상을 잠재운다.
앞산 뒷산 회천도
가슴속 마음도
몰골도 내 이름도
아무것도 변한 것이 없다
서녘의 노을을 보고
단풍이 흉내 내지만
세월은 미동도 없다
거울에 비친
이상한 놈과 씨름하고 있는데

할배하고 부른다 뒤에서 손자가

때늦은 비슬산 참꽃

베짱이도 울고 갔는데
노총각 이봄 다가기전에
비슬산 참꽃 마중 갔더니

꽃님들은 시집갔는데
짚신도 짝이 있다고
수줍음 없는 화사한 미소
노총각 가슴 저린다

검붉은
늙은 처녀의 얼굴이지만
여인의 향기에
정신이 혼미해

이 봄 다 가기 전에
얼굴 비비고 안아보고
설레는 마음 미소 가득하다

무정한 마음

반백년 지나고 또 강산이 두 번 변했다
한 몸 되어 한 세상 수발 들어준 너
얼마나 사랑이 무정했으면
몰골이 상처투성이고
다리는 골마 터져 지탱할 수 없는데
말없이 견디고 침묵하며
생각이 깊어 정 끊는다고
모질게 마음먹고 고통을 주는구나,
이제는 어쩔 수 없이 헤어지고
그것도 그렇지 끝내
얼굴 한 번 보지 않고 이별하는
무정한 내가 나도 싫다
한때는 너만 믿고
가죽 같은 갈비도 난도질 냈는데
끝없이 사랑했다
이제 임플란트와 새살림 차리지만
살아생전 잊지 않을 것이다

하루의 구혼여행

뜬금없이 마누라가 불국사 가자 한다.
예전 신혼여행 갔을 때 투숙한 호텔에서
커피 한 잔 하고 불국사도 가보고
세월이 반백년이 지났는데
육신은 노을과 벗하지만 마음은 푸르고
가슴 설레다 이때 즈음이면 나도,

주저 없이 출발했다 호텔은 온데간데없고
불국사 길목은 칠월 땡볕도 코로나도
또 다른 세상이다
시원한 그늘과 바람은 추억을 싣고
다보탑도 석가탑도 대웅전도 그대로고
천년의 향기가 온몸을 적신다

토함산의 정기 신라인의 생동감
몸과 마음이 정지되고 대웅전에 예를 올린다
호텔의 커피는 그림의 떡이고
칠월의 열기는 천년 고목이 식히고
신라의 기상을
가슴에 새기면서 불국사를 뒤로 한다

가을 남자

내 마음속 날씨도 시절의 변덕처럼
비가 오다가 말다가 흐리고 맑다
지루한 여름 찜통도
처서가 나타나니 흔적 지우기 바쁘다
가을이 구름을 밀고
푸른 하늘 높기만 하다
고추잠자리 하나 둘 무리가 늘어나고
이 산 저 산 나무들도
진초록 옷차림이 울울창창하다
가을은 늙은 남자도 용트림한다
멈춤 없는 시절의 아쉬움
속 타는 마음은 임도 동색일 것이다

산천이 늙어 단풍 물들 때
높은 하늘 새하얀 새털구름의 유혹
가을 속으로 들어갈 것이다

습관이다

겨울도 아닌 것이
겨울인척 하는 날씨
얼큰한 해물짬뽕이 날 유혹한다.
이마에 열린 포도송이가 자맥질한다

집에 돌아와 차에서 내리는데
실내 꽃 슬리퍼를 신고 있다
귀신에 홀리고 내 구두는
중국집 로비 커피 한 잔에 마음 주고

구두 찾아 신고 돌아오니
건망증이 도가 넘었다니
병원에 가야 한다니 야단이다
범인은 커피다 말도 안 되는 소리

남의 속도 모르고
털 슬리퍼의 포근함도 모르면서
그래도 좀 이상하다 마음이,

비누

시도 때도 없이 만나고
솔직히 별로 관심도 없는
어느 날
너를 보고 정신이 번쩍 났다
비비고 주무르고
육신은 흰 죽이 된 몰골
염치없이 받기만 하고
아낌없이 주는 것은
사랑이 있기 때문일 것이다
처음 너를 만났을 때
회천의 자갈처럼 빛나고
젊음이 생생하였다

아마도 너와 나는 별반 다른 것도 없이
삶의 무게를 업고 가는 여로일 것이다

질투

담장에 기대어 핀
붉은 장미의 요염한 향기
조용한 마음은 파도가 일고
누가 탐할까 근심 걱정이
생각을 멈추게 한다.

장미의 향기는
사방으로 날아다니고
일렁이는 마음을 죽이고
본심을 숨긴다.
아마도 관심은 사랑이 있기
때문일 것이다

가을비의 낭만

잦은 태풍에
숨죽이며 숨어 있든 너는
고개 들어 얼굴 내밀고
젖은 마음 둘 곳 몰라
어정거리는 가을 남자가
갑자기 날아온
노래 한 소절에
님 그리운 설렘도
한쪽 가슴에 숨기고

가을 빗속으로 낭만을 찾아
젖은 마음 씻어낸다

청바지

오랜 추억을 먹고
청바지 입었다
여류 시인이
젊은 오빠 같다 한다
보행로의 은행나무가 듣고
귓속말로
푸른 마음과 몸이 있어야
젊은 오빠지 한다.
그럼, 너와 나는 동색이다
마음이 푸르면 되지
청바지가 빛난다.

세상이 변하는 것도 모르고

광활한 초원 언덕마루에
졸음을 즐기며 실눈으로 암컷들
사냥을 감시하는 늙은 수컷사자
강 건너 계곡에 젊은 수컷 한 놈이
전설을 믿고 여인의 미모에 반하여
앞뒤 계산 없이 덤비다가 만신창이 되어
찢어진 육신의 고통을 참으며
전설을 원망하며 어제를 후회한다
늙은 수컷이 시식을 마치고 슬그머니
여인의 옆구리를 사정없는 발길질에
혼비백산되어 도망가고
호령 한 번에 하늘의 구름도 흔들리고
초원의 무리들 벌벌 떨며 숨을 곳 찾는다
엷은 미소 지으며 세월을 먹고
혼잣말로 내 이빨이 임플란트인지
아무도 모를 것이다

돌아오지 않는 은어

흑진주 자갈은 햇볕과 하나 되고
사금빛 모래밭 수정이 반짝거리는 물결
물장구치며 여름을 이기는 안림천
수박내음 흘리면서 행군하는 은어들의 무리
이리저리 은어 몰이하며 냇물을 쓸고 다니는 오복이
은어 몇 마리 잡았나 물어보니
지금 쫓고 있는 이놈 말고 아홉 마리만
더 잡으면 열 마리 채운다 한다
아이고, 많이도 잡았다
소년도 냇물에 뛰어 들어간다
온 냇물을 분탕질하는 두 소년은 아름다운 그림이다

난데없는 자동차 경적소리에
향수의 추억은 산산이 날아가버리고
냇물은 수초가 무리를 이루고 물줄기도 먹어버리고
흑진주 자갈도 금빛 찬란한 모래도 온데간데없다
수박내음 흘리는 은어들의 행군도 꿈속의 이야기
비리한 역겨운 내음이 오복이도 쫓아버리고
쓸쓸히 돌아서는 소년은 찌그러진 슬픈 할배다
할배는 오복이 찾아다니며 또 냇물은 어디 가서 찾나

가랑비

가랑가랑 내려오는 손님
어린 시절 추석날 아침
가슴속까지 시원한 바람
쑥스러움 숨기고
하늘 보고 얼굴 적시며
가랑가랑한 님은
어디서 오는 마음인가
그리움의 머리카락 내음이
얼굴 더듬고
아련한 생각이 술래잡기하고
흥건하게 젖어드는 마음이다

생각 찾아 오늘도 걷는다

항아리 가슴속에 숨기고
만보기 옆구리에 차고
사색(思索)을 먹으면서
그리움 찾아 헤매다
생각이 생각을 불러오고
지었다가 허물다가
만났다가 헤어지고
사랑도 미움도
오만가지 생각들
항아리에 담았다가
헛웃음 지우고 다시 비운다.
둥근달도 빙그레 웃고 있는데
님은 어디에 있는지 찾지 못하고
머물지 못하는 생각을 담은
항아리 가슴속에 숨기고,

만보기 숫자만 올라가고 있다

기다리는 마음

게으른 시인의 화단
미라가 된 국화가 무리를 이루고
뿌리에서는 또다시
쑥처럼 파란 새잎들이
봄 향기 품는다.

새싹들의 보금자리 재촉에
한 손에 낫 들고
묵은 향기 몰아내면서
새 터를 만들었다

가을에 만남을 약속하며
아름다운 향기를 가슴에 숨기고,

시인의 말

게으른 놈이 게으른 놈을 보고
참으로 게으르구나 하고 나무란다.

우여곡절 끝에 6년 만에 3번째
시집을 출간하게 되었다.
아주 오랜 예전에 초등학교 시절
노는데 바빠서 방학 숙제는
미루고 미루다가 개학 하루 전에
정신없이 숙제를 한 기억들이 생각난다.
참으로 이상하다.
이러한 버릇을 평생 가지고 다닌다.
별로 부끄러움도 없이
이제, 밀린 숙제를 완성하고 보니
마음도 홀가분하다.
그리고 성찰한다.

2024년 봄

백성일

해후

초판 발행 2024년 4월 20일
지은이 백성일
펴낸이 김복환
펴낸곳 도서출판 지식나무
등록번호 제301-2014-078호
주소 서울시 중구 수표로12길 24
전화 02-2264-2305(010-6732-6006)
팩스 02-2267-2833
이메일 booksesang@hanmail.net

ISBN 979-11-87170-69-3
값 10,000원

이 책의 저작권은 저자에게 있습니다.
저자와 출판사의 허락 없이 내용의 일부를 인용하거나 발췌하는 것을 금합니다.